Richard Dedekind

Stetigkeit und irrationale Zahlen

Antigonos

Richard Dedekind

Stetigkeit und irrationale Zahlen

Unveränderter Nachdruck der Originalausgabe von 1872.

1. Auflage 2024 | ISBN: 978-3-38634-311-4

Antigonos Verlag ist ein Imprint der Outlook Verlagsgesellschaft mbH.

Verlag: Outlook Verlag GmbH, Zeilweg 44, 60439 Frankfurt, Deutschland, info@outlook-verlag.de
Vertretungsberechtigt: E. Roepke, Zeilweg 44, 60439 Frankfurt, Deutschland
Druck: Libri Plureos GmbH, Friedensallee 273, 22763 Hamburg, Deutschland

Stetigkeit

und

irrationale Zahlen.

Stetigkeit

und

irrationale Zahlen.

Von

Richard Dedekind,

Professor der höheren Mathematik am Collegium Carolinum zu Braunschweig.

Braunschweig,

Druck und Verlag von Friedrich Vieweg und Sohn.

1872.

Seinem geliebten Vater,

dem

Geh. Hofrath, Professor, Dr. jur.

Julius Levin Ulrich Dedekind

in

Braunschweig

bei

Gelegenheit seines funfzigjährigen Amts-Jubiläums
am 26. April 1872

gewidmet.

Inhalt.

Stetigkeit

und

irrationale Zahlen.

Die Betrachtungen, welche den Gegenstand dieser kleinen Schrift bilden, stammen aus dem Herbst des Jahres 1858. Ich befand mich damals als Professor am eidgenössischen Polytechnicum zu Zürich zum ersten Male in der Lage, die Elemente der Differentialrechnung vortragen zu müssen, und fühlte dabei empfindlicher als jemals früher den Mangel einer wirklich wissenschaftlichen Begründung der Arithmetik. Bei dem Begriffe der Annäherung einer veränderlichen Größe an einen festen Grenzwerth und namentlich bei dem Beweise des Satzes, daß jede Größe, welche beständig, aber nicht über alle Grenzen wächst, sich gewiß einem Grenzwerth nähern muß, nahm ich meine Zuflucht zu geometrischen Evidenzen. Auch jetzt halte ich ein solches Heranziehen geometrischer Anschauung bei dem ersten Unterrichte in der Differentialrechnung vom didaktischen Standpuncte aus für außerordentlich nützlich, ja unentbehrlich, wenn man nicht gar zu viel Zeit verlieren will. Aber daß diese Art der Einführung in die Differentialrechnung keinen Anspruch auf Wissenschaftlichkeit machen kann, wird wohl Niemand leugnen. Für mich war damals dies Gefühl der Unbefriedigung ein so überwältigendes, daß ich den festen

Entschluß faßte, so lange nachzudenken, bis ich eine rein arithmetische und völlig strenge Begründung der Principien der Infinitesimalanalysis gefunden haben würde. Man sagt so häufig, die Differentialrechnung beschäftige sich mit den stetigen Größen, und doch wird nirgends eine Erklärung von dieser Stetigkeit gegeben, und auch die strengsten Darstellungen der Differentialrechnung gründen ihre Beweise nicht auf die Stetigkeit, sondern sie appelliren entweder mit mehr oder weniger Bewußtsein an geometrische, oder durch die Geometrie veranlaßte Vorstellungen, oder aber sie stützen sich auf solche Sätze, welche selbst nie rein arithmetisch bewiesen sind. Zu diesen gehört z. B. der oben erwähnte Satz, und eine genauere Untersuchung überzeugte mich, daß dieser, oder auch jeder mit ihm äquivalente Satz gewissermaßen als ein hinreichendes Fundament für die Infinitesimalanalysis angesehen werden kann. Es kam nur noch darauf an, seinen eigentlichen Ursprung in den Elementen der Arithmetik zu entdecken und hiermit zugleich eine wirkliche Definition von dem Wesen der Stetigkeit zu gewinnen. Dies gelang mir am 24. November 1858, und wenige Tage darauf theilte ich das Ergebniß meines Nachdenkens meinem theuren Freunde Durège mit, was zu einer langen und lebhaften Unterhaltung führte. Später habe ich wohl dem einen oder andern meiner Schüler diese Gedanken über eine wissenschaftliche Begründung der Arithmetik auseinandergesetzt, auch hier in Braunschweig in dem wissenschaftlichen Verein der Professoren einen Vortrag über diesen Gegenstand gehalten, aber zu einer eigentlichen Publication konnte ich mich nicht recht entschließen, weil erstens die Darstellung nicht ganz leicht, und weil außerdem die Sache selbst so wenig fruchtbar ist. Indessen hatte ich doch schon halb und halb daran gedacht, dieses Thema zum Gegenstande dieser Gelegenheitsschrift zu wählen, als vor wenigen Tagen, am 14. März, die Abhandlung: „Die Elemente der Functionenlehre." Von E. Heine. (Crelle's Journal, Bd. 74) durch die Güte ihres hochverehrten Verfassers in meine Hände gelangte und mich in meinem Entschlusse bestärkte. Dem Wesen nach stimme ich zwar vollständig mit dem Inhalte dieser Schrift überein, wie es ja nicht anders sein kann, aber ich will freimüthig gestehen, daß meine Darstellung mir der Form nach einfacher zu sein und den eigentlichen Kernpunct präciser hervorzuheben scheint. Und während ich an diesem Vorwort schreibe (20. März 1872), erhalte ich die interessante Abhandlung: „Ueber die Ausdehnung eines Satzes aus der Theorie der trigonometrischen Reihen." Von G. Cantor. (Math. Annalen von Clebsch und Neumann, Bd. 5), für welche ich dem scharfsinnigen Verfasser meinen besten Dank sage. Wie ich bei raschem Durchlesen finde, so stimmt das Axiom in §. 2 derselben, abgesehen von der äußeren Form der Einkleidung, vollständig mit Dem überein, was ich unten in §. 3 als das Wesen der Stetigkeit bezeichne. Welchen Nutzen aber die, wenn auch nur begriffliche Unterscheidung von reellen Zahlgrößen noch höherer Art gewähren wird, vermag ich gerade nach meiner Auffassung des in sich vollkommenen reellen Zahlgebietes noch nicht zu erkennen.

§. 1.

Eigenschaften der rationalen Zahlen.

Die Entwicklung der Arithmetik der rationalen Zahlen wird hier
zwar vorausgesetzt, doch halte ich es für gut, einige Hauptmomente
ohne Discussion hervorzuheben, nur um den Standpunct von vorn=
herein zu bezeichnen, den ich im Folgenden einnehme. Ich sehe die
ganze Arithmetik als eine nothwendige oder wenigstens natürliche Folge
des einfachsten arithmetischen Actes, des Zählens, an, und das Zählen
selbst ist nichts Anderes als die successive Schöpfung der unendlichen
Reihe der positiven ganzen Zahlen, in welcher jedes Individuum durch
das unmittelbar vorhergehende definirt wird; der einfachste Act ist
der Uebergang von einem schon erschaffenen Individuum zu dem dar=
auf folgenden neu zu erschaffenden. Die Kette dieser Zahlen bildet
an sich schon ein überaus nützliches Hülfsmittel für den menschlichen
Geist, und sie bietet einen unerschöpflichen Reichthum an merkwür=
digen Gesetzen dar, zu welchen man durch die Einführung der vier
arithmetischen Grundoperationen gelangt. Die Addition ist die Zu=
sammenfassung einer beliebigen Wiederholung des obigen einfachsten
Actes zu einem einzigen Acte, und aus ihr entspringt auf dieselbe
Weise die Multiplication. Während diese beiden Operationen stets
ausführbar sind, zeigen die umgekehrten Operationen, die Subtrac=
tion und Division, nur eine beschränkte Zulässigkeit. Welches nun

auch die nächste Veranlassung gewesen sein mag, welche Vergleichun=
gen oder Analogieen mit Erfahrungen, Anschauungen dazu geführt
haben mögen, bleibe dahin gestellt; genug, gerade diese Beschränkt=
heit in der Ausführbarkeit der indirecten Operationen ist jedesmal
die eigentliche Ursache eines neuen Schöpfungsactes geworden; so
sind die negativen und gebrochenen Zahlen durch den menschlichen
Geist erschaffen, und es ist in dem System aller rationalen Zahlen
ein Instrument von unendlich viel größerer Vollkommenheit gewon=
nen. Dieses System, welches ich mit R bezeichnen will, besitzt vor
allen Dingen eine Vollständigkeit und Abgeschlossenheit, welche ich an
einem andern Orte*) als Merkmal eines Zahlkörpers bezeichnet
habe, und welche darin besteht, daß die vier Grundoperationen mit je
zwei Individuen in R stets ausführbar sind, d. h. daß das Resultat
derselben stets wieder ein bestimmtes Individuum in R ist, wenn
man den einzigen Fall der Division durch die Zahl Null ausnimmt.

Für unsern nächsten Zweck ist aber noch wichtiger eine andere
Eigenschaft des Systems R, welche man dahin aussprechen kann, daß
das System R ein wohlgeordnetes, nach zwei entgegengesetzten Sei=
ten hin unendliches Gebiet von einer Dimension bildet. Was damit
gemeint sein soll, ist durch die Wahl der Ausdrücke, welche geome=
trischen Vorstellungen entlehnt sind, hinreichend angedeutet; um so
nothwendiger ist es, die entsprechenden rein arithmetischen Eigenthüm=
lichkeiten hervorzuheben, damit es auch nicht einmal den Anschein be=
hält, als bedürfte die Arithmetik solcher ihr fremden Vorstellungen.

Soll ausgedrückt werden, daß die Zeichen a und b eine und
dieselbe rationale Zahl bedeuten, so setzt man sowohl $a = b$ wie
$b = a$. Die Verschiedenheit zweier rationalen Zahlen a, b zeigt
sich darin, daß die Differenz $a - b$ entweder einen positiven oder
einen negativen Werth hat. Im ersten Fall heißt a größer als b,
b kleiner als a, was auch durch die Zeichen $a > b$, $b < a$ ange=

---

*) Vorlesungen über Zahlentheorie von P. G. Lejeune Dirichlet.
Zweite Auflage. §. 159.

deutet wird *). Da im zweiten Fall $b-a$ einen positiven Werth hat, so ist $b > a$, $a < b$. Hinsichtlich dieser doppelten Möglichkeit in der Art der Verschiedenheit gelten nun folgende Gesetze.

I. Ist $a > b$, und $b > c$, so ist $a > c$. Wir wollen jedesmal, wenn a, c zwei verschiedene (oder ungleiche) Zahlen sind, und wenn b größer als die eine, kleiner als die andere ist, ohne Scheu vor dem Anklang an geometrische Vorstellungen dies kurz so ausdrücken: b liegt zwischen den beiden Zahlen a, c.

II. Sind a, c zwei verschiedene Zahlen, so giebt es immer unendlich viele verschiedene Zahlen b, welche zwischen a, c liegen.

III. Ist a eine bestimmte Zahl, so zerfallen alle Zahlen des Systems R in zwei Classen, A_1 und A_2, deren jede unendlich viele Individuen enthält; die erste Classe A_1 umfaßt alle Zahlen a_1, welche $< a$ sind, die zweite Classe A_2 umfaßt alle Zahlen a_2, welche $> a$ sind; die Zahl a selbst kann nach Belieben der ersten oder der zweiten Classe zugetheilt werden, und sie ist dann entsprechend die größte Zahl der ersten oder die kleinste Zahl der zweiten Classe. In jedem Fall ist die Zerlegung des Systems R in die beiden Classen A_1, A_2 von der Art, daß jede Zahl der ersten Classe A_1 kleiner als jede Zahl der zweiten Classe A_2 ist.

§. 2.

Vergleichung der rationalen Zahlen mit den Puncten einer geraden Linie.

Die soeben hervorgehobenen Eigenschaften der rationalen Zahlen erinnern an die gegenseitigen Lagenbeziehungen zwischen den Puncten einer geraden Linie L. Werden die beiden in ihr existirenden entgegengesetzten Richtungen durch „rechts" und „links" unter-

---

*) Es ist also im Folgenden immer das sogenannte „algebraische" größer und kleiner Sein gemeint, wenn nicht das Wort „absolut" hinzugefügt wird.

schieden, und sind p, q zwei verschiedene Puncte, so liegt entweder p rechts von q, und gleichzeitig q links von p, oder umgekehrt, es liegt q rechts von p, und gleichzeitig p links von q. Ein dritter Fall ist unmöglich, wenn p, q wirklich verschiedene Puncte sind. Hinsichtlich dieser Lagenverschiedenheit bestehen folgende Gesetze.

I. Liegt p rechts von q, und q wieder rechts von r, so liegt auch p rechts von r; und man sagt, daß q zwischen den Puncten p und r liegt.

II. Sind p, r zwei verschiedene Puncte, so giebt es immer unendlich viele Puncte q, welche zwischen p und r liegen.

III. Ist p ein bestimmter Punct in L, so zerfallen alle Puncte in L in zwei Classen, P_1, P_2, deren jede unendlich viele Individuen enthält; die erste Classe P_1 umfaßt alle die Puncte p_1, welche links von p liegen, und die zweite Classe P_2 umfaßt alle die Puncte p_2, welche rechts von p liegen; der Punct p selbst kann nach Belieben der ersten oder der zweiten Classe zugetheilt werden. In jedem Fall ist die Zerlegung der Geraden L in die beiden Classen oder Stücke P_1, P_2 von der Art, daß jeder Punct der ersten Classe P_1 links von jedem Puncte der zweiten Classe P_2 liegt.

Diese Analogie zwischen den rationalen Zahlen und den Puncten einer Geraden wird bekanntlich zu einem wirklichen Zusammenhange, wenn in der Geraden ein bestimmter Anfangspunct oder Nullpunct o und eine bestimmte Längeneinheit zur Ausmessung der Strecken gewählt wird. Mit Hülfe der letztern kann für jede rationale Zahl a eine entsprechende Länge construirt werden, und trägt man dieselbe von dem Puncte o aus nach rechts oder links auf der Geraden ab, je nachdem a positiv oder negativ ist, so gewinnt man einen bestimmten Endpunct p, welcher als der der Zahl a entsprechende Punct bezeichnet werden kann; der rationalen Zahl Null entspricht der Punct o. Auf diese Weise entspricht jeder rationalen Zahl a, d. h. jedem Individuum in R, ein und nur ein Punct p, d. h. ein Individuum in L. Entsprechen den beiden Zahlen a, b resp. die beiden

Puncte p, q, und ist $a > b$, so liegt p rechts von q. Den Gesetzen I, II, III des vorigen Paragraphen entsprechen vollständig die Gesetze I, II, III des jetzigen.

§. 3.

Stetigkeit der geraden Linie.

Von der größten Wichtigkeit ist nun aber die Thatsache, daß es in der Geraden L unendlich viele Puncte giebt, welche keiner rationalen Zahl entsprechen. Entspricht nämlich der Punct p der rationalen Zahl a, so ist bekanntlich die Länge op commensurabel mit der bei der Construction benutzten unabänderlichen Längeneinheit, d. h. es giebt eine dritte Länge, ein sogenanntes gemeinschaftliches Maß, von welcher diese beiden Längen ganze Vielfache sind. Aber schon die alten Griechen haben gewußt und bewiesen, daß es Längen giebt, welche mit einer gegebenen Längeneinheit incommensurabel sind, z. B. die Diagonale des Quadrates, dessen Seite die Längeneinheit ist. Trägt man eine solche Länge von dem Puncte o aus auf der Geraden ab, so erhält man einen Endpunct, welcher keiner rationalen Zahl entspricht. Da sich ferner leicht beweisen läßt, daß es unendlich viele Längen giebt, welche mit der Längeneinheit incommensurabel sind, so können wir behaupten: Die Gerade L ist unendlich viel reicher an Punct-Individuen, als das Gebiet R der rationalen Zahlen an Zahl-Individuen.

Will man nun, was doch der Wunsch ist, alle Erscheinungen in der Geraden auch arithmetisch verfolgen, so reichen dazu die rationalen Zahlen nicht aus, und es wird daher unumgänglich nothwendig, das Instrument R, welches durch die Schöpfung der rationalen Zahlen construirt war, wesentlich zu verfeinern durch eine Schöpfung von neuen Zahlen der Art, daß das Gebiet der Zahlen dieselbe Vollständigkeit oder, wie wir gleich sagen wollen, dieselbe Stetigkeit gewinnt, wie die gerade Linie.

Die bisherigen Betrachtungen sind Allen so bekannt und geläufig, daß Viele ihre Wiederholung für sehr überflüssig erachten werden. Dennoch hielt ich diese Recapitulation für nothwendig, um die Hauptfrage gehörig vorzubereiten. Die bisher übliche Einführung der irrationalen Zahlen knüpft nämlich geradezu an den Begriff der extensiven Größen an — welcher aber selbst nirgends streng definirt wird — und erklärt die Zahl als das Resultat der Messung einer solchen Größe durch eine zweite gleichartige*). Statt dessen fordere ich, daß die Arithmetik sich aus sich selbst heraus entwickeln soll. Daß solche Anknüpfungen an nicht arithmetische Vorstellungen die nächste Veranlassung zur Erweiterung des Zahlbegriffs gegeben haben, mag im Allgemeinen zugegeben werden (doch ist dies bei der Einführung der complexen Zahlen entschieden nicht der Fall gewesen); aber hierin liegt ganz gewiß kein Grund, diese fremdartigen Betrachtungen selbst in die Arithmetik, in die Wissenschaft von den Zahlen aufzunehmen. Sowie die negativen und gebrochenen rationalen Zahlen durch eine freie Schöpfung hergestellt, und wie die Gesetze der Rechnungen mit diesen Zahlen auf die Gesetze der Rechnungen mit ganzen positiven Zahlen zurückgeführt werden müssen und können, ebenso hat man dahin zu streben, daß auch die irrationalen Zahlen durch die rationalen Zahlen allein vollständig definirt werden. Nur das Wie? bleibt die Frage.

Die obige Vergleichung des Gebietes R der rationalen Zahlen mit einer Geraden hat zu der Erkenntniß der Lückenhaftigkeit, Unvollständigkeit oder Unstetigkeit des ersteren geführt, während wir der Geraden Vollständigkeit, Lückenlosigkeit oder Stetigkeit zuschreiben. Worin besteht denn nun eigentlich diese Stetigkeit? In der Beantwortung dieser Frage muß Alles enthalten sein, und nur durch sie

---

*) Der scheinbare Vorzug der Allgemeinheit dieser Definition der Zahl schwindet sofort dahin, wenn man an die complexen Zahlen denkt. Nach meiner Auffassung kann umgekehrt der Begriff des Verhältnisses zwischen zwei gleichartigen Größen erst dann klar entwickelt werden, wenn die irrationalen Zahlen schon eingeführt sind.

wird man eine wissenschaftliche Grundlage für die Untersuchung aller stetigen Gebiete gewinnen. Mit vagen Reden über den ununterbrochenen Zusammenhang in den kleinsten Theilen ist natürlich Nichts erreicht; es kommt darauf an, ein präcises Merkmal der Stetigkeit anzugeben, welches als Basis für wirkliche Deductionen gebraucht werden kann. Lange Zeit habe ich vergeblich darüber nachgedacht, aber endlich fand ich, was ich suchte. Dieser Fund wird von verschiedenen Personen vielleicht verschieden beurtheilt werden, doch glaube ich, daß die Meisten seinen Inhalt sehr trivial finden werden. Er besteht im Folgenden. Im vorigen Paragraphen ist darauf aufmerksam gemacht, daß jeder Punct p der Geraden eine Zerlegung derselben in zwei Stücke von der Art hervorbringt, daß jeder Punct des einen Stückes links von jedem Puncte des andern liegt. Ich finde nun das Wesen der Stetigkeit in der Umkehrung, also in dem folgenden Principe:

„Zerfallen alle Puncte der Geraden in zwei Classen von der Art, daß jeder Punct der ersten Classe links von jedem Puncte der zweiten Classe liegt, so existirt ein und nur ein Punct, welcher diese Eintheilung aller Puncte in zwei Classen, diese Zerschneidung der Geraden in zwei Stücke hervorbringt."

Wie schon gesagt, glaube ich nicht zu irren, wenn ich annehme, daß Jedermann die Wahrheit dieser Behauptung sofort zugeben wird; die meisten meiner Leser werden sehr enttäuscht sein zu vernehmen, daß durch diese Trivialität das Geheimniß der Stetigkeit enthüllt sein soll. Dazu bemerke ich Folgendes. Es ist mir sehr lieb, wenn Jedermann das obige Princip so einleuchtend findet und so übereinstimmend mit seinen Vorstellungen von einer Linie; denn ich bin außer Stande, irgend einen Beweis für seine Richtigkeit beizubringen, und Niemand ist dazu im Stande. Die Annahme dieser Eigenschaft der Linie ist nichts als ein Axiom, durch welches wir erst der Linie ihre Stetigkeit zuerkennen, durch welches wir die Stetigkeit in die Linie hineindenken. Hat überhaupt der Raum eine reale Existenz, so braucht er doch nicht nothwendig stetig zu sein; unzählige seiner Eigenschaften würden dieselben bleiben, wenn er auch unstetig wäre. Und wüßten wir gewiß, daß der Raum unstetig wäre, so könnte uns doch wieder Nichts hindern, falls es uns beliebte, ihn durch Ausfüllung seiner Lücken in Gedanken zu einem stetigen zu machen; diese Ausfüllung würde aber in einer Schöpfung von neuen Punct-Individuen bestehen und dem obigen Principe gemäß auszuführen sein.

§. 4.

Schöpfung der irrationalen Zahlen.

Durch die letzten Worte ist schon hinreichend angedeutet, auf welche Art das unstetige Gebiet R der rationalen Zahlen zu einem stetigen vervollständigt werden muß. In §. 1 ist hervorgehoben (III), daß jede rationale Zahl a eine Zerlegung des Systems R in zwei Classen A_1, A_2 von der Art hervorbringt, daß jede Zahl a_1 der ersten Classe A_1 kleiner ist, als jede Zahl a_2 der zweiten Classe A_2; die Zahl a ist entweder die größte Zahl der Classe A_1, oder die kleinste Zahl der Classe A_2. Ist nun irgend eine Eintheilung des Systems R in zwei Classen A_1, A_2 gegeben, welche nur die charakteristische Eigenschaft besitzt, daß jede Zahl a_1 in A_1 kleiner ist, als jede Zahl a_2 in A_2, so wollen wir der Kürze halber eine solche Eintheilung einen Schnitt nennen und mit (A_1, A_2) bezeichnen. Wir können dann sagen, daß jede rationale Zahl a einen Schnitt oder eigentlich zwei Schnitte hervorbringt, welche wir aber nicht als wesentlich verschieden ansehen wollen; dieser Schnitt hat außerdem die Eigenschaft, daß entweder unter den Zahlen der ersten Classe eine größte, oder unter den Zahlen der zweiten Classe eine kleinste existirt. Und umgekehrt, besitzt ein Schnitt auch diese Eigenschaft, so wird er durch diese größte oder kleinste rationale Zahl hervorgebracht.

Aber man überzeugt sich leicht, daß auch unendlich viele Schnitte exiſtiren, welche nicht durch rationale Zahlen hervorgebracht werden. Das nächſtliegende Beiſpiel iſt folgendes.

Es ſei D eine poſitive ganze Zahl, aber nicht das Quadrat einer ganzen Zahl, ſo giebt es eine poſitive ganze Zahl λ von der Art, daß

$$\lambda^2 < D < (\lambda + 1)^2$$

wird.

Nimmt man in die zweite Claſſe A_2 jede poſitive rationale Zahl a_2 auf, deren Quadrat $> D$ iſt, in die erſte Claſſe A_1 aber alle anderen rationalen Zahlen a_1, ſo bildet dieſe Eintheilung einen Schnitt (A_1, A_2), d. h. jede Zahl a_1 iſt kleiner als jede Zahl a_2. Iſt nämlich $a_1 = 0$ oder negativ, ſo iſt a_1 ſchon aus dieſem Grunde kleiner als jede Zahl a_2, weil dieſe zufolge der Definition poſitiv iſt; iſt aber a_1 poſitiv, ſo iſt ihr Quadrat $\leq D$, und folglich iſt a_1 kleiner als jede poſitive Zahl a_2, deren Quadrat $> D$ iſt.

Dieſer Schnitt wird aber durch keine rationale Zahl hervorgebracht. Um dies zu beweiſen, muß vor Allem gezeigt werden, daß es keine rationale Zahl giebt, deren Quadrat $= D$ iſt. Obgleich dies aus den erſten Elementen der Zahlentheorie bekannt iſt, ſo mag doch hier der folgende indirecte Beweis Platz finden. Giebt es eine rationale Zahl, deren Quadrat $= D$ iſt, ſo giebt es auch zwei poſitive ganze Zahlen t, u, welche der Gleichung

$$t^2 - D u^2 = 0$$

genügen, und man darf annehmen, daß u die kleinſte poſitive ganze Zahl iſt, welche die Eigenſchaft beſitzt, daß ihr Quadrat durch Multiplication mit D in das Quadrat einer ganzen Zahl t verwandelt wird. Da nun offenbar

$$\lambda u < t < (\lambda + 1) u$$

iſt, ſo wird die Zahl

$$u' = t - \lambda u$$

eine poſitive ganze Zahl, und zwar kleiner als u. Setzt man ferner

$$t' = Du - \lambda t,$$

so wird t' ebenfalls eine positive ganze Zahl, und es ergiebt sich

$$t'^2 - Du'^2 = (\lambda^2 - D)(t^2 - Du^2) = 0,$$

was mit der Annahme über u im Widerspruch steht.

Mithin ist das Quadrat einer jeden rationalen Zahl x entweder $< D$ oder $> D$. Hieraus folgt nun leicht, daß es weder in der Classe A_1 eine größte, noch in der Classe A_2 eine kleinste Zahl giebt. Setzt man nämlich

$$y = \frac{x(x^2 + 3D)}{3x^2 + D},$$

so ist

$$y - x = \frac{2x(D - x^2)}{3x^2 + D}$$

und

$$y^2 - D = \frac{(x^2 - D)^3}{(3x^2 + D)^2}.$$

Nimmt man hierin für x eine positive Zahl aus der Classe A_1, so ist $x^2 < D$, und folglich wird $y > x$, und $y^2 < D$, also gehört y ebenfalls der Classe A_1 an. Setzt man aber für x eine Zahl aus der Classe A_2, so ist $x^2 > D$, und folglich wird $y < x$, $y > 0$, und $y^2 > D$, also gehört y ebenfalls der Classe A_2 an. Dieser Schnitt wird daher durch keine rationale Zahl hervorgebracht.

In dieser Eigenschaft, daß nicht alle Schnitte durch rationale Zahlen hervorgebracht werden, besteht die Unvollständigkeit oder Unstetigkeit des Gebietes R aller rationalen Zahlen.

Jedesmal nun, wenn ein Schnitt (A_1, A_2) vorliegt, welcher durch keine rationale Zahl hervorgebracht wird, so erschaffen wir eine neue, eine irrationale Zahl α, welche wir als durch diesen Schnitt (A_1, A_2) vollständig definirt ansehen; wir werden sagen, daß die Zahl α diesem Schnitt entspricht, oder daß sie diesen Schnitt hervorbringt. Es entspricht also von jetzt ab jedem bestimmten Schnitt eine und nur eine bestimmte rationale oder irrationale Zahl, und wir sehen zwei Zahlen stets und nur dann als verschieden oder ungleich an, wenn sie wesentlich verschiedenen Schnitten entsprechen.

Um nun eine Grundlage für die Anordnung aller reellen, d. h. aller rationalen und irrationalen Zahlen zu gewinnen, müssen wir zunächst die Beziehungen zwischen irgend zwei Schnitten (A_1, A_2) und (B_1, B_2) untersuchen, welche durch irgend zwei Zahlen α und β hervorgebracht werden. Offenbar ist ein Schnitt (A_1, A_2) schon vollständig gegeben, wenn eine der beiden Classen, z. B. die erste A_1 bekannt ist, weil die zweite A_2 aus allen nicht in A_1 enthaltenen rationalen Zahlen besteht, und die charakteristische Eigenschaft einer solchen ersten Classe A_1 liegt darin, daß sie, wenn die Zahl a_1 in ihr enthalten ist, auch alle kleineren Zahlen als a_1 enthält. Vergleicht man nun zwei solche erste Classen A_1, B_1 mit einander, so kann es 1) sein, daß sie vollständig identisch sind, d. h., daß jede in A_1 enthaltene Zahl a_1 auch in B_1, und daß jede in B_1 enthaltene Zahl b_1 auch in A_1 enthalten ist. In diesem Falle ist dann nothwendig auch A_2 identisch mit B_2, die beiden Schnitte sind vollständig identisch, was wir in Zeichen durch $\alpha = \beta$ oder $\beta = \alpha$ andeuten.

Sind aber die beiden Classen A_1, B_1 nicht identisch, so giebt es in der einen, z. B. in A_1 eine Zahl $a'_1 = b'_2$, welche nicht in der andern B_1 enthalten ist, und welche sich folglich in B_2 vorfindet; mithin sind gewiß alle in B_1 enthaltenen Zahlen b_1 kleiner als diese Zahl $a'_1 = b'_2$, und folglich sind alle Zahlen b_1 auch in A_1 enthalten.

Ist nun 2) diese Zahl a'_1 die einzige in A_1, welche nicht in B_1 enthalten ist, so ist jede andere in A_1 enthaltene Zahl a_1 in B_1 enthalten, und folglich kleiner als a'_1, d. h. a'_1 ist die größte unter allen Zahlen a_1, mithin wird der Schnitt (A_1, A_2) durch die rationale Zahl $\alpha = a'_1 = b'_2$ hervorgebracht. Von dem anderen Schnitte (B_1, B_2) wissen wir schon, daß alle Zahlen b_1 in B_1 auch in A_1 enthalten und kleiner als die Zahl $a'_1 = b'_2$ sind, welche in B_2 enthalten ist; jede andere in B_2 enthaltene Zahl b_2 muß aber größer als b'_2 sein, weil sie sonst auch kleiner als a'_1, also in A_1 und folglich auch in B_1 enthalten wäre; mithin ist b'_2 die kleinste unter allen in B_2 enthaltenen Zahlen, und folglich wird auch der Schnitt (B_1, B_2) durch dieselbe rationale Zahl $\beta = b'_2 = a'_1 = \alpha$ hervorgebracht. Die beiden Schnitte sind daher nur unwesentlich verschieden.

Giebt es aber 3) in A_1 wenigstens zwei verschiedene Zahlen $a'_1 = b'_2$ und $a''_1 = b''_2$, welche nicht in B_1 enthalten sind, so giebt es deren auch unendlich viele, weil alle die unendlich vielen zwischen a'_1 und a''_1 liegenden Zahlen (§. 1. II.) offenbar in A_1, aber nicht in B_1 enthalten sind. In diesem Falle nennen wir die diesen beiden wesentlich verschiedenen Schnitten (A_1, A_2) und (B_1, B_2) entsprechenden Zahlen α und β ebenfalls verschieden von einander, und zwar sagen wir, daß α größer als β, daß β kleiner als α ist, was wir in Zeichen sowohl durch $\alpha > \beta$, als durch $\beta < \alpha$ ausdrücken. Hierbei ist hervorzuheben, daß diese Definition vollständig mit der früheren zusammenfällt, wenn beide Zahlen α, β rational sind.

Die nun noch übrigen möglichen Fälle sind diese. Giebt es 4) in B_1 eine und nur eine Zahl $b'_1 = a'_2$, welche nicht in A_1 enthalten ist, so sind die beiden Schnitte (A_1, A_2) und (B_1, B_2) nur unwesentlich verschieden, und sie werden durch eine und dieselbe rationale Zahl $\alpha = a'_2 = b'_1 = \beta$ hervorgebracht. Giebt es aber 5) in B_1 mindestens zwei verschiedene Zahlen, welche nicht in A_1 enthalten sind, so ist $\beta > \alpha$, $\alpha < \beta$.

Da hiermit alle Fälle erschöpft sind, so ergiebt sich, daß von zwei verschiedenen Zahlen nothwendig die eine die größere, die andere die kleinere sein muß, was zwei Möglichkeiten enthält. Ein dritter Fall ist unmöglich. Dies lag zwar schon in der Wahl des Comparativs (größer, kleiner) zur Bezeichnung der Beziehung zwischen α, β; aber diese Wahl ist erst jetzt nachträglich gerechtfertigt. Gerade bei solchen Untersuchungen hat man sich auf das Sorgfältigste zu hüten, daß man selbst bei dem besten Willen, ehrlich zu sein, durch eine voreilige Wahl von Ausdrücken, welche anderen schon entwickelten Vorstellungen entlehnt sind, sich nicht verleiten lasse, unerlaubte Uebertragungen aus dem einen Gebiete in das andere vorzunehmen.

Betrachtet man nun noch einmal genau den Fall $\alpha > \beta$, so ergiebt sich, daß die kleinere Zahl β, wenn sie rational ist, gewiß der Classe A_1 angehört; da es nämlich in A_1 eine Zahl $a'_1 = b'_2$ giebt, welche der Classe B_2 angehört, so ist die Zahl β, mag sie die größte Zahl in B_1 oder die kleinste Zahl in B_2 sein, gewiß $\leq a'_1$ und folglich in A_1 enthalten. Ebenso ergiebt sich aus $\alpha > \beta$, daß die größere Zahl α, wenn sie rational ist, gewiß der Classe B_2 angehört, weil $\alpha \geq a'_1$ ist. Vereinigt man beide Betrachtungen, so erhält man folgendes Resultat: Wird ein Schnitt (A_1, A_2) durch die Zahl α hervorgebracht, so gehört irgend eine rationale Zahl zu der Classe A_1 oder zu der Classe A_2, je nachdem sie kleiner oder größer ist als α; ist die Zahl α selbst rational, so kann sie der einen oder der anderen Classe angehören.

Hieraus ergiebt sich endlich noch Folgendes. Ist $\alpha > \beta$, giebt es also unendlich viele Zahlen in A_1, welche nicht in B_1 enthalten sind, so giebt es auch unendlich viele solche Zahlen, welche zugleich von α und von β verschieden sind; jede solche rationale Zahl c ist $< \alpha$, weil sie in A_1 enthalten ist, und sie ist zugleich $> \beta$, weil sie in B_2 enthalten ist.

§. 5.

Stetigkeit des Gebietes der reellen Zahlen.

Zufolge der eben festgesetzten Unterscheidungen bildet nun das System $\mathfrak{R}$ aller reellen Zahlen ein wohlgeordnetes Gebiet von einer Dimension; hiermit soll weiter Nichts gesagt sein, als daß folgende Gesetze herrschen.

I. Ist $\alpha > \beta$, und $\beta > \gamma$, so ist auch $\alpha > \gamma$. Wir wollen sagen, daß die Zahl β zwischen den Zahlen α, γ liegt.

II. Sind α, γ zwei verschiedene Zahlen, so giebt es immer unendlich viele verschiedene Zahlen β, welche zwischen α, γ liegen.

III. Ist α eine bestimmte Zahl, so zerfallen alle Zahlen des Systems $\mathfrak{R}$ in zwei Classen $\mathfrak{A}_1$ und $\mathfrak{A}_2$, deren jede unendlich viele Individuen enthält; die erste Classe $\mathfrak{A}_1$ umfaßt alle die Zahlen α_1, welche $< \alpha$ sind, die zweite Classe $\mathfrak{A}_2$ umfaßt alle die Zahlen α_2, welche $> \alpha$ sind; die Zahl α selbst kann nach Belieben der ersten oder der zweiten Classe zugetheilt werden, und sie ist dann entsprechend die größte Zahl der ersten oder die kleinste Zahl der zweiten Classe. In jedem Fall ist die Zerlegung des Systems $\mathfrak{R}$ in die beiden Classen $\mathfrak{A}_1$, $\mathfrak{A}_2$ von der Art, daß jede Zahl der ersten Classe $\mathfrak{A}_1$ kleiner als jede Zahl der zweiten Classe $\mathfrak{A}_2$ ist, und wir sagen, daß diese Zerlegung durch die Zahl α hervorgebracht wird.

Der Kürze halber, und um den Leser nicht zu ermüden, unterdrücke ich die Beweise dieser Sätze, welche unmittelbar aus den Definitionen des vorhergehenden Paragraphen folgen.

Außer diesen Eigenschaften besitzt aber das Gebiet $\mathfrak{R}$ auch Stetigkeit, d. h. es gilt folgender Satz:

IV. Zerfällt das System $\mathfrak{R}$ aller reellen Zahlen in zwei Classen $\mathfrak{A}_1$, $\mathfrak{A}_2$ von der Art, daß jede Zahl α_1 der Classe $\mathfrak{A}_1$ kleiner ist als jede Zahl α_2 der Classe $\mathfrak{A}_2$, so existirt eine und nur eine Zahl α, durch welche diese Zerlegung hervorgebracht wird.

Beweis. Durch die Zerlegung oder den Schnitt von $\mathfrak{R}$ in $\mathfrak{A}_1$ und $\mathfrak{A}_2$ ist zugleich ein Schnitt (A_1, A_2) des Systems R aller rationalen Zahlen gegeben, welcher dadurch definirt wird, daß A_1 alle rationalen Zahlen der Classe $\mathfrak{A}_1$, und A_2 alle übrigen rationalen Zahlen, d. h. alle rationalen Zahlen der Classe $\mathfrak{A}_2$ enthält. Es sei α die völlig bestimmte Zahl, welche diesen Schnitt (A_1, A_2) hervorbringt. Ist nun β irgend eine von α verschiedene Zahl, so giebt es immer unendlich viele rationale Zahlen c, welche zwischen α und

β liegen. Ist $\beta < \alpha$, so ist $c < \alpha$; mithin gehört c der Classe A_1 und folglich auch der Classe $\mathfrak{A}_1$ an, und da zugleich $\beta < c$ ist, so gehört auch β derselben Classe $\mathfrak{A}_1$ an, weil jede Zahl in $\mathfrak{A}_2$ größer ist als jede Zahl c in $\mathfrak{A}_1$. Ist aber $\beta > \alpha$, so ist $c > \alpha$; mithin gehört c der Classe A_2 und folglich auch der Classe $\mathfrak{A}_2$ an, und da zugleich $\beta > c$ ist, so gehört auch β derselben Classe $\mathfrak{A}_2$ an, weil jede Zahl in $\mathfrak{A}_1$ kleiner ist als jede Zahl c in $\mathfrak{A}_2$. Mithin gehört jede von α verschiedene Zahl β der Classe $\mathfrak{A}_1$ oder der Classe $\mathfrak{A}_2$ an, je nachdem $\beta < \alpha$ oder $\beta > \alpha$ ist; folglich ist α selbst entweder die größte Zahl in $\mathfrak{A}_1$ oder die kleinste Zahl in $\mathfrak{A}_2$, d. h. α ist eine und offenbar die einzige Zahl, durch welche die Zerlegung von $\mathfrak{R}$ in die Classen $\mathfrak{A}_1$, $\mathfrak{A}_2$ hervorgebracht wird. Was zu beweisen war.

§. 6.

Rechnungen mit reellen Zahlen.

Um irgend eine Rechnung mit zwei reellen Zahlen α, β auf die Rechnungen mit rationalen Zahlen zurückzuführen, kommt es nur darauf, aus den Schnitten (A_1, A_2) und (B_1, B_2), welche durch die Zahlen α und β im Systeme R hervorgebracht werden, den Schnitt (C_1, C_2) zu definiren, welcher dem Rechnungsresultate γ entsprechen soll. Ich beschränke mich hier auf die Durchführung des einfachsten Beispieles, der Addition.

Ist c irgend eine rationale Zahl, so nehme man sie in die Classe C_1 auf, wenn es eine Zahl a_1 in A_1 und eine Zahl b_1 in B_1 von der Art giebt, daß ihre Summe $a_1 + b_1 \geqq c$ wird; alle anderen rationalen Zahlen c nehme man in die Classe C_2 auf. Diese Eintheilung aller rationalen Zahlen in die beiden Classen C_1, C_2 bildet offenbar einen Schnitt, weil jede Zahl c_1 in C_1 kleiner ist als jede Zahl c_2 in C_2. Sind nun beide Zahlen α, β rational, so ist jede in C_1 enthaltene Zahl $c_1 \leqq \alpha + \beta$, weil $a_1 \leqq \alpha$, $b_1 \leqq \beta$, also auch $a_1 + b_1 \leqq \alpha + \beta$ ist; wäre ferner eine in C_2 enthaltene Zahl $c_2 < \alpha + \beta$, also $\alpha + \beta = c_2 + p$, wo p eine positive rationale Zahl bedeutet, so wäre

$$c_2 = (\alpha - \tfrac{1}{2}p) + (\beta - \tfrac{1}{2}p),$$

was im Widerspruch mit der Definition der Zahl c_2 steht, weil $\alpha - \tfrac{1}{2}p$ eine Zahl in A_1, und $\beta - \tfrac{1}{2}p$ eine Zahl in B_1 ist; folglich ist jede in C_2 enthaltene Zahl $c_2 \geqq \alpha + \beta$. Mithin wird in diesem Falle der Schnitt (C_1, C_2) durch die Summe $\alpha + \beta$ hervorgebracht. Man verstößt daher nicht gegen die in der Arith=metik der rationalen Zahlen geltende Definition, wenn man in allen Fällen unter der Summe $\alpha + \beta$ von zwei beliebigen reellen Zah=len α, β diejenige Zahl γ versteht, durch welche der Schnitt (C_1, C_2) hervorgebracht wird. Ist ferner nur eine der beiden Zahlen α, β, z. B. α rational, so überzeugt man sich leicht, daß es keinen Ein=fluß auf die Summe $\gamma = \alpha + \beta$ hat, ob man die Zahl α in die Classe A_1 oder in die Classe A_2 aufnimmt.

Ebenso wie die Addition lassen sich auch die übrigen Operationen der sogenannten Elementar=Arithmetik definiren, nämlich die Bildung der Differenzen, Producte, Quotienten, Potenzen, Wurzeln, Loga=rithmen, und man gelangt auf diese Weise zu wirklichen Beweisen von Sätzen (wie z. B. $\sqrt{2} \cdot \sqrt{3} = \sqrt{6}$), welche meines Wissens bis=her nie bewiesen sind. Die Weitläufigkeiten, welche bei den Defi=nitionen der complicirteren Operationen zu befürchten sind, liegen theils in der Natur der Sache, zum größten Theil aber lassen sie sich vermeiden. Sehr nützlich ist in dieser Beziehung der Begriff eines Intervalls, d. h. eines Systems A von rationalen Zahlen, welches folgende characteristische Eigenschaft besitzt: sind a und a' Zahlen des Systems A, so sind auch alle zwischen a und a' liegen=den rationalen Zahlen in A enthalten. Das System R aller ra=tionalen Zahlen, ebenso die beiden Classen eines jeden Schnittes sind Intervalle. Giebt es aber eine rationale Zahl a_1, welche kleiner und eine rationale Zahl a_2, welche größer ist, als jede Zahl des Intervalls A, so heiße A ein endliches Intervall; es giebt dann offenbar unendlich viele Zahlen von derselben Beschaffenheit wie a_1, und unendlich viele Zahlen von derselben Beschaffenheit wie a_2; das ganze Gebiet R zerfällt in drei Stücke A_1, A, A_2, und es treten zwei vollständig bestimmte rationale oder irrationale Zahlen α_1, α_2 auf, welche resp. die untere und obere (oder die kleinere und größere) Grenze des Intervalls A genannt werden können; die untere Grenze α_1 ist durch den Schnitt bestimmt, bei welchem die erste Classe durch das System A_1 gebildet wird, und die obere Grenze α_2 durch den Schnitt, bei welchem A_2 die zweite Classe bildet. Von jeder rationalen oder irrationalen Zahl α, welche zwischen α_1 und α_2 liegt, mag gesagt werden, sie liege innerhalb des Intervalls A. Sind alle Zahlen eines Intervalls A auch Zahlen eines Intervalls B, so heiße A ein Stück von B.

Noch viel größere Weitläufigkeiten scheinen in Aussicht zu stehen, wenn man dazu übergehen will, die unzähligen Sätze der Arithmetik der rationalen Zahlen (wie z. B. den Satz $(a + b)\,c = ac + bc$) auf beliebige reelle Zahlen zu übertragen. Dem ist jedoch nicht so; man überzeugt sich bald, daß hier Alles darauf ankommt, nachzuweisen, daß die arithmetischen Operationen selbst eine gewisse Stetigkeit besitzen. Was ich hiermit meine, will ich in die Form eines allgemeinen Satzes einkleiden:

„Ist die Zahl λ das Resultat einer mit den Zahlen $\alpha, \beta, \gamma \ldots$ angestellten Rechnung, und liegt λ innerhalb des Intervalls L, so lassen sich Intervalle A, B, $C \ldots$ angeben, innerhalb deren die Zahlen α, β, $\gamma \ldots$ liegen, und von der Art, daß das Resultat derselben Rechnung, in welcher die Zahlen α, β, $\gamma \ldots$ durch beliebige Zahlen der Intervalle A, B, $C \ldots$ ersetzt werden, jedesmal eine innerhalb des Intervalls L liegende Zahl wird." Die abschreckende Schwerfälligkeit aber, welche dem Ausspruche eines solchen Satzes anklebt, überzeugt uns, daß hier etwas geschehen muß, um der

Sprache zu Hülfe zu kommen; dies wird in der That auf die voll-
kommenste Weise erreicht, wenn man die Begriffe der veränderlichen
Größen, der Functionen, der Grenzwerthe einführt, und zwar
wird es das Zweckmäßigste sein, schon die Definitionen der einfachsten
arithmetischen Operationen auf diese Begriffe zu gründen, was hier
jedoch nicht weiter ausgeführt werden kann.

§. 7.

Infinitesimal-Analysis.

Es soll hier nur noch zum Schluß der Zusammenhang beleuch-
tet werden, welcher zwischen unseren bisherigen Betrachtungen und
gewissen Hauptsätzen der Infinitesimal-Analysis besteht.

Man sagt, daß eine veränderliche Größe x, welche successive
bestimmte Zahlwerthe durchläuft, sich einem festen Grenzwerth α nähert, wenn x im Lauf des Processes definitiv zwischen je zwei Zahlen zu liegen kommt, zwischen denen α selbst liegt, oder was dasselbe
ist, wenn die Differenz $x - \alpha$ absolut genommen unter jeden gegebenen, von Null verschiedenen Werth definitiv herabsinkt.

Einer der wichtigsten Sätze lautet folgendermaßen: „Wächst eine
Größe x beständig, aber nicht über alle Grenzen, so nähert sie sich
einem Grenzwerth."

Ich beweise ihn auf folgende Art. Der Voraussetzung nach
giebt es eine und folglich auch unendlich viele Zahlen α_2 von der
Art, daß stets $x < \alpha_2$ bleibt; ich bezeichne mit $\mathfrak{A}_2$ das System
aller dieser Zahlen α_2, mit $\mathfrak{A}_1$ das System aller anderen Zahlen α_1;
jede der letzteren hat die Eigenschaft, daß im Lauf des Processes
definitiv $x \geqq \alpha_1$ wird, mithin ist jede Zahl α_1 kleiner als jede Zahl
α_2, und folglich existirt eine Zahl α, welche entweder die größte in $\mathfrak{A}_1$
oder die kleinste in $\mathfrak{A}_2$ ist (§. 5. IV.). Das Erstere kann nicht der Fall
sein, weil x nie aufhört zu wachsen, also ist α die kleinste Zahl in $\mathfrak{A}_2$.

Welche Zahl α_1 man nun auch nehmen mag, so wird schließlich definitiv $\alpha_1 < x < \alpha$ sein, d. h. x nähert sich dem Grenzwerthe α.

Dieser Satz ist äquivalent mit dem Princip der Stetigkeit, d. h. er verliert seine Gültigkeit, sobald man auch nur eine reelle Zahl in dem Gebiet $\mathfrak{R}$ als nicht vorhanden ansieht; oder anders ausgedrückt: ist dieser Satz richtig, so ist auch der Satz IV in §. 5 richtig.

Ein anderer, mit diesem ebenfalls äquivalenter Satz der Infinitesimal-Analysis, welcher noch öfter zur Anwendung kommt, lautet folgendermaßen: „Läßt sich in dem Aenderungsprocesse einer Größe x für jede gegebene positive Größe δ auch eine entsprechende Stelle angeben, von welcher ab x sich um Weniger als δ ändert, so nähert sich x einem Grenzwerth."

Diese Umkehrung des leicht zu beweisenden Satzes, daß jede veränderliche Größe, welche sich einem Grenzwerth nähert, sich zuletzt um Weniger ändert als irgend eine gegebene positive Größe, kann ebensowohl aus dem vorhergehenden Satze wie direct aus dem Princip der Stetigkeit abgeleitet werden. Ich schlage den letzteren Weg ein. Es sei δ eine beliebige positive Größe (d. h. $\delta > 0$), so wird der Annahme zufolge ein Augenblick eintreten, von welchem ab x sich um Weniger als δ ändern wird, d. h. wenn x in diesem Augenblick den Werth a besitzt, so wird in der Folge stets $x > a - \delta$ und $x < a + \delta$ sein. Ich lasse nun einstweilen die ursprüngliche Annahme fallen, und halte nur die soeben bewiesene Thatsache fest, daß alle späteren Werthe der Veränderlichen x zwischen zwei angebbaren, endlichen Werthen liegen. Hierauf gründe ich eine doppelte Eintheilung aller reellen Zahlen. In das System $\mathfrak{A}_2$ nehme ich eine Zahl α_2 (z. B. $a + \delta$) auf, wenn im Laufe des Processes definitiv $x \leq \alpha_2$ wird; in das System $\mathfrak{A}_1$ nehme ich jede nicht in $\mathfrak{A}_2$ enthaltene Zahl auf; ist α_1 eine solche Zahl, so wird, wie weit auch der Proceß vorgeschritten sein mag, es noch unendlich oft eintreten, daß $x > \alpha_1$ ist. Da jede Zahl α_1 kleiner ist als jede Zahl α_2, so giebt es eine völlig bestimmte Zahl α, welche diesen